古代的海

瓦当 著

刘卫 插画

文化发展出版社
Cultural Development Press

图书在版编目（CIP）数据

古代的海 / 瓦当著 .—北京：文化发展出版社，2017.4
ISBN 978-7-5142-1737-7

Ⅰ.①古… Ⅱ.①瓦… Ⅲ.①诗集－中国－当代 Ⅳ.① I227

中国版本图书馆 CIP 数据核字（2017）第 079932 号

古代的海

瓦 当 / 著

责任编辑：肖贵平
执行编辑：罗佐欧
责任校对：岳智勇
装帧设计：辰征·文化

出版发行：文化发展出版社
　　　　　（北京市翠微路 2 号　邮编：100036）
网　　址：www.WenhuaFazhan.com
经　　销：各地新华书店
印　　刷：北京新华印刷有限公司
开　　本：710mm×1000mm　1/32
字　　数：223 千字
印　　张：8.5
印　　次：2017 年 6 月第 1 版　2017 年 6 月第 1 次印刷
定　　价：58.00 元
ＩＳＢＮ：978-7-5142-1737-7

◆ 如发现任何质量问题请与我社发行部联系。
◆ 发行部电话：010-88275710

目录

卷一·心经

快雪时晴 /003
世界 /004
心经 /005
修禊 /007
孤独 /009
暮晚 /010
朝课 /011
黄昏 /012
悟空 /014
寄这场雪 /015
元宵 /016
雪国 /017
超级月亮 /019
于无名亭偶坐 /021
我想和你在古代吃个橙子 /022
再春天 /025
梦 /027
度春光 /029
春风斩 /031
三句经 /033

卷二·地图

仙河 /039
烟台 /040
青岛 /041
济南 /042
悉尼 /043
儋州 /045
青州 /048
马埠崖 /053
毓璜顶 /054
牡丹亭 /055
南京即景 /056
巴黎无限好,只是近黄昏 /059
在我们国家的一些州 /060
岛 /062
黄河吟 /064
在北京想起南京 /066

卷三·咏怀

爱偈 /071
舍弃 /072
瘗鹤铭 /073
春天革命 /074
春天众筹 /075

春天的河流过冬天的河床 /077
海滨抒怀 /078
四十自寿 /079
从古至今 /080
写一首诗再起 /081
为每一天写一首诗 /082
歌谣 /084
厕上问学 /085
星别 /086
散步 /087
哀歌 /088
再立夏 /090
风湿帖 /094
每天晚上都不舍得睡 /096
秋兴 /097
鉴赏一首未写出的诗 /098
日记三则 /100
藏 /103
这一天 /104
豹子 /105
以我栖迟处 /106
华北的落日 /107
明信片 /108
被水催眠 /110
雨天的诗 /112

小米 /115
早春二月 /116
演奏 /117
触手可及 /118
引力波 /120
一天 /122
沉浸 /123
另一回事 /124
寒鸦三章 /127

卷四·童话

中秋 /131
老友记 /132
水母 /133
海滨小夜曲 /134
养蜂人带着个魔术剧团 /136
爬香山 /137
兔子 /138
莴苣小姐 /139
借鱼 /140
望远镜 /141
黑加仑 /142
在古代 /144
藏山图 /145

卷五 · 青春

渴望 /149

1994—1997：十首四行诗 /150

短歌 /155

朗诵 /161

谣曲 /163

木樨园 /165

重归苏莲托 /167

卷六 · 节气

立春 /172

雨水 /173

惊蛰 /175

春分 /176

谷雨 /178

小满 /179

芒种 /180

立夏 /182

处暑 /184

秋分 /186

立冬 /187

冬至 /188

卷七·古风

题银马速8酒店 /195
代宋江题反诗 /196
兰陵县 /199
纬书 /202
登山宝训 /203
耳顺之年 /204
面河而居 /205
山中一夜 /206
写碑的人 /208
拆墙 /209
神话四则 /211
羊角哀的个人悲伤 /213
平凡的世界 /214
瓦道士的一百首佚诗之一首 /216
辛亥 /218
杜工部 /222
天末怀李白 /224
寒山 /225
感遇 /229
望岳 /230
观徐学杰造塔 /231
我不能爱它更多 /236
李提摩太 /237
静中歌 /241

忧郁的夏代（或安阳婴儿）/243
圣诞叙事诗 /245
亲爱的，我知道命运使我们永不分离 /247
见面如面 /249
何其芳 /250
寒夜行 /252
狄仁杰与李元芳 /256

后记

卷一　心经

快雪时晴

这雪下得真好
比说出还要妖娆

为什么生前只下了一半
只下在沉默的这端

像头顶的黑暗
放射出羞涩的光芒

有多少个夜晚
我走在虚构的路上

如果飞跑几步
就能把一生甩在身后

世界

多么好啊
只有极少数人知道我
而且还在减少

一个人明明活着
却没有了命运
那原本只属于死者的安宁
我通过虔敬的努力
竟也可以获得
难道,这不是神迹?

关上房门
世界就把我找寻
而我找寻
黑夜里走失的黑美人

心经

心经就是心经过的地方
留下心迹
而心,只是心流经的土地
像河流只是河流的影子
像我的身体形同山岳
必归于尘土的恒河
以及恒河之上的永恒之月
噫,连月也未及永恒

究竟虚空
心也是无心
不曾经过任何生命
亦不曾有一颗虚空的心
在宇宙中跳动
有如你我的爱情
不曾有你我
不曾有爱
亦不曾有心经
是为心经

修禊

我虚度了一生的一天
必也在一天中虚度一生

被存在击打的书生
有如群梦结伴来临

我们在山下喝茶说话
暮春的鹅游向绿竹中的观音

我们多爱这习得的世界
仿佛爱着真实本身

未能免俗的擦拭
曾不知老之将至

可我们写下的字正一笔一画地退去

像天使除去轻盈的袭衣

像我在沉睡中与你相遇
必也在沉睡中与你分手

孤独

我有一只杯子
来了一个客人

我有两只杯子
斟满孤独的星空

我把孤独带入坟墓
世界是我的遗物

暮晚

暮晚正是雨歇时分
那人凭窗眺望——
冬雷滚过山岭,豹的花纹。
而山岭上必有人向这厢眺望
像上帝于云间打量,忒不放心。
而灯光照见梵高一家人
照见飘零,照见爱情凉了又温
暮色四合,人间山穷水尽。

朝课

早晨被饥饿惊醒

绕厨房三匝无诗可赋

像转动塔尔寺一圈圈的转经筒。

废弃的厨艺呵

一如我废弃的野马,事业、爱情与虚无。

我必将废弃自己像一个国家

废弃饥饿的普世价值和宪法。

也废弃废弃这个词,向禁止说禁止

向一代人说出虚无。

那是披衣起彷徨的冬日

无数的我从我中出走

像结队的僧侣走上冰封的湖。

黄昏

黄昏，阴暗的冬景适合写诗
适合在你不适合的地方
过着短暂悠久的生活

极目眺望山居
删繁就简的生活
有客来，盛一碗海

不断有人把生命磨损于自己生命里
像墨块磨灭于砚中
又仰观汉字飞起

嘘，继起的虚空

黑白的火种

盲诗人倾听萨福在舞

2016.11.14

悟空

前世的雨落在今世的土地上

也落在取经路上

未有人类之前即如此

直至人类灭亡以后

没有雨，也没有万物

一个人了悟了空

便了悟了不空

悟空便成了唐僧

率领少年派的奇幻漂流

在沙漠中的海市蜃楼

看多少白骨因恨成精

那高山大海隔不断的爱情

隔着十亿大千世界的梦幻泡影

寄这场雪

寄这场雪给你
而不寄天气预报给你
这是我的心情
想必你能读懂

雪融化时我当你已阅读
你回我一封雨吧
或者万里无云

元宵

我把白雪捏成元宵
如草莓的燃烧[1]

再陪你看一场人间烟火吧
做一份好人家[2]
像张生捡到去年的手帕[3]

2016 元宵节

注:
[1] 见欧阳江河《最后的幻象》。
[2] 见胡兰成《今生今世》。
[3] 见宋话本《张生彩鸾灯传》。

雪国

一

穿过县界长长的隧道
前面就是雪国了

穿过福山黄金顶隧道
前面就是芝罘

雪下在人生的边境
如中年的爱情

二

他们打马归来
雪国仍处于雪季

能吹开一树桃花的梦
也能催眠整个春天

这是多么辽阔的相爱
像大海微微的徘徊

2016.10.6

超级月亮

要有多大的月亮

才能照见五蕴皆空

无声无色地行过这声色世界

磨洗心的光华

月——这心的投射之物

透明的空与无情

月是心的窟窿

走近你

只是为了让你看清

爱有多遥远

像触手可及的你的脸

仍然是远在天边的梦幻

月使不可能奔涌呈现

看月亮的人梦见月亮

不看月亮的人被月亮梦见

我们都有缘与月相见

却不能像月亮那样轻轻踱过

你我之间太古的深渊

于无名亭偶坐

我写下这个诗名

并没想写下一首诗

这日，我于无名亭偶坐

一树一石见证

吾来，亭不迎

吾去，亭不送

吾无名，亭亦无名

吾与无名亭

什么都没发生

2016.12.6

我想和你在古代吃个橙子

我想和你在古代

一起吃个橙子

这里有山

这里安静

有风

有一些人类活动的痕迹

穿越了这么远

我只是想和你坐下来

吃个橙子

我可以请你吃个橙子吗

这要是在古代就好了

我就能看见

古代的阳光落在你的头发上

也落在你手中的橙子上

2016.12.12

快雪时晴

修禊

再春天

春三月发陈[①]

山河尚静于废弃的最初

我的懒圆满具足

春懒春晚春大安

人生未曾结束

爱恨都已剧终

我失败的一生

照亮有限的光明

一岁一枯荣

后之视今

亦如今之视昔日重来

如枯萎的花不败

怎不令这沉默的英雄

黯然销魂

所以,你在未来千年读此诗文

一定要说

五百年必有王者兴

2017.3.16

注:
① 《黄帝内经》:"春三月,此谓发陈。"

梦

那时候

人们都住在梦里

像住在房子里

爱一个人可以请他到你梦里做客

你也可以试着敲开别人的梦

轻轻轻轻地

原谅我路过了你的梦

像明月拜访了你的窗子

你拜访了别人的梦

那时候

人们都知道梦是准的

当你梦见一个人

第二天她就会脸红

想一个人就做一个梦寄给他

像写很长的信

最后还要顿首

再顿

2017.1.17

度春光

这里埋着一个度春光的人
人死以后,草和阳光还在生长
连寂寞呵也在生长
连你居住的一生——
小城之春也在生长
割一把爱情的青草
再喂一喂时间的羔羊
度春光,度日如年的思想
谁不曾热爱,充满希望
愿人间光芒万丈
当希望无常
当熄灭也寂灭
像春光封藏于镜中
宝剑复归匣中
春光只是你抽取的一生
放回它,放回幻象

度春光，春光比梦长
度春光，春光比梦长

2017.2.7

春风斩
——春天,大王派我来巡山

一场雪和另一场雪中间
隔着发疯的春天

一首诗和另一首诗中间
隔着结冰的湖面

山坡上,滑雪场老了
平躺在马路身边

不远处,鸟儿鸣叫着深渊

吾太懒,山河皆被吾传染
春来海水居然不绿如蓝!

——能不忆朝鲜?

卖花姑娘春风扑面
天上人间

如江南逢李龟年
我逢滕锦平山路十八弯

不知不觉,天色已晚
山也阑珊,我也阑珊

且听风的呢喃

2017.2.28

三句经

一

要是我有一块地就好了
就可以让它尽情荒着
吁,吾生也骀荡

二

某,我快递给你的不明飞行物
可收到了否?
请回我以雷霆以闪电以密云不雨

三

得道之士就是
不烦恼不忧惧不欲求不止息

吾距此还有一须弥芥子

四

忧郁的事是一条追逐落日的河流
突如其来的春天
和再也不会相见的人

五

为某翻译李商隐"君问归期未有期":
你问我何时归故里
我也轻声地问自己

六

清晨鸟鸣串起的花环
细雨中展开明亮的春天
加剧着生而为人的遗憾

七

我寄愁心与明月

寄希望于人民

寄欧阳应霁于雪霁

八

我们躲在更小的城里吃吃喝喝

我们是历史缝隙中漏下的琥珀

吞食着源代码的鹦鹉螺

2017.3.6 凌晨

卷二 地图

仙河[1]

去仙河有两条路

我们选择了最远的一条

到了地球的另一面

那里也有一条仙河

注：
  [1] 仙河，地名，在山东东营。

烟台

某年某月某日
吾曾于此逼平大海
亦曾败给大海三重徘徊
刻石以铭——

独与天地相往来
独与大海共徘徊
独与明月长相爱

2016.9.24

青岛

那些从内地千里迢迢赶来
看海的人把海滨变成
拥挤的火车站
许多人拖家带口
一生只能看一次海
有如朝圣

海看人多就不来了
海喜欢寂寞
海已撤离青岛

我在西部的火车上曾与他邂逅——
一个蓝衣少年
独自去看沙漠

2016.7.23

济南

上半夜在南京
下半夜在济南
上半夜艳阳高照
下半夜下起了小雨

上半夜我从一篇小说中出走
下半夜呕吐了一地诗歌
上半夜我拥抱过一个陌生人
下半夜陌生人持刀闯进我梦中

总是这样
上半夜繁华
下半夜凄凉
只能是这样
上半夜汹涌
下半夜安静

悉尼

我在阅读一本《澳大利亚简介》
你向我说起悉尼的天气
早春二月,南京下起了大雪
悉尼的大街上
女人们只穿着背心来来去去

正如爱情无非是一场语言游戏
悉尼也只是一个虚构的地址
我在南京骑着袋鼠上班
你在布朗特海滩涂抹着防晒油

幻象中的美容师
作为谈资的仰泳爱好者
鲸鱼们纷纷死在餐桌上
防兔篱笆成功阻挡了婚外恋

这就是千里走单骑
火车呜呜呜地开向悉尼
你的胸继续一平到底
像沙漠边缘的飞机场
所有的情人都在此分手

儋州

皇帝有想象力
把东坡贬至这里
地图外边,食人生番
此地无人生还。
在何处换车坐船
艋艚过琼州海峡
伏波将军①破浪来迎。

你在黄州书《寒食帖》
在惠州失朝云
在儋州写尽谵言妄语。
这是岛的内陆
像郁达夫退至苏门答腊深处
隐姓埋名,难逃一死。
吁,茫茫杧果,是耶(椰)非耶?

大巴车上，海南导游引用广告播报：
"耶稣（椰树）牌椰汁……"
婆娑的椰影下可有抹大拉的女子
向你祖露木瓜之乳
在伊甸园般的人世间
像马田·史高西斯拍出《基督最后的诱惑》。

或者，你也像我口嚼槟榔
趁醉杀向东三省的三亚[②]
四百年前，你既转世憨山梦游[③]
九百年后，我又是谁之转世
为着一件大因缘
渡海相见。

2015.12.17
五指山山路上怀山北苏子。

注：

① 西汉路博德、东汉马援，两代伏波将军于海南有奠基之功。苏轼谪琼渡海，"以伏波为指南"，果然"往返顺风"，遂题《伏波将军庙碑记》。

② 三亚以东北三省移民居多，故有此戏称。

③ 见憨山德清《憨山老人梦游集》。

青州

一

关关雎鸠,在青之州。
这是赵明诚和李清照的青城
归来堂,最好的时光。
我们一起上班、下班、逛书店
吃饭、烹茶、对弈、投壶……
"言某事在某书某卷第几页第几行
以中否角胜负,为饮茶先后……"①
这是两个文艺青年
绘事后素的爱情遗址。
那纯真的少女和美满的婚姻
安稳如镜。

我们携手,缘溪而行。
路遇千年的楸树,盛开如巨大的爆竹。

为爱发疯的古藤,把栏杆扎入自己的手臂

像疼痛一点点地扎入爱情

那样让人愁肠百结又感激不尽。

秋日的静美中,无边的旋律升起

我弹奏你,如你弹奏音乐

爱情弹奏了我们一生

"海岱维青州……"②

青州的日子,我留给你

《金石录》草稿和仰天山题记。

你正大仙容

人比黄花瘦比南山盟海誓

曹衣出水的青州

追忆,曾不知老之将至。

二

青州如玉，玉汝于诚。
在碑碣和掌纹里的青州
没有人认识两个相爱的人。
在鼓子词和诸宫调之间
在某书某卷第几页第几行
一段人间佳话，不喜闻乐见
选择了秘密流传……

爱是自由
是你二十三岁到三十三岁的青州。
你的身体发育如涨潮的果园
多少个清晨与夜晚，我耕种你
我的时光，我的田亩。
你用天使的百合迎合着我
像汉语绽开缝隙
爱，美不胜收。

这是大难来临之前的青州

收藏和鉴宝的青州。

在那"地不爱其宝，人不爱其情"[③]的美好时代

我们只是一对真人

相互注入对方生命，水乳交融。

在爱情那场大火最旺盛的季节

在历史大举侵犯之前

归来堂尚不是价值连城的灰烬和幻影

三

如今，你留下的那幅自画像

高悬在我墓室的穹顶

四周环绕着星云和青州的山水。

国破山河在的秋天

收藏丧尽的声声慢秋天——

对不起，我先你而死。

你在没我的日子受尽了世间的苦

流浪吞噬了爱和诗。

直到你再也寻不到我，我再也寻不到你
像一对玉，沉睡在不同博物馆的隔壁

今天，一对年轻恋人拜访了我们的故居
草地上那个美丽女孩使我再次想起盛开的你。
呼吸一万次使河流加速
易安，青州尚在你安在？

注：
① 见李清照《金石录后序》。
② 见《尚书·禹贡》。
③ 见《礼记·礼运》。

马埠崖

在马埠崖

天气晴好

道路齐着村庄的屋脊

与海举案齐眉

转眼,看云人下了公交

松林的尽头是松涛

我一如既往地喜欢岛的内陆

像是进入鱼的腹部

必须精通腹语

如失传的道术

我藉此寻找天下

像白鲸寻找一艘船

狮子寻找一座雪山

毓璜顶

毓璜顶的道士服多了硫磺

因此入住毓璜顶医院

在他眼中

花岗岩的毓璜顶医院像一块巨大的硫磺

周围环绕着汞

恰似水与巧克力

遥想一百五十年前

在与北美长老会的斗法中

毓璜顶的道士失去了半个毓璜顶

胶东半岛从此有了一座毓璜顶医院

那个叫郭显德的美国传教士院长

长眠于毓璜顶山麓

墓碑上以篆文题写：

采药逢三岛

寻真遇九仙

牡丹亭

一立春,天地人都精神
精神得刚刚好。
春再浓,精神也随之转深
渐成病。
那时,便由牡丹江
到了牡丹亭。

2017.2.5

南京即景

马群,没有马群向我跑来
仙鹤门,没有起舞的仙鹤
迎向消逝的爱情
在我到达仙林之前
仙林也没有一个神仙
南京,总是在骗人

雨夜,我走进明故宫
许多湿漉漉的鬼魂正排练虚无的焰火
清晨,我路过鸡鸣寺
没有听见鸡鸣
月亮——那只很萌的小狗
追赶跳湖的书生

暮晚

我想和你在古代吃个橙子

巴黎无限好,只是近黄昏
——致友人

巴黎无限好
只是近黄昏
你出门吃晚饭
我已上床安眠
我们隔着半张地球的脸
但愿我能梦见
你堆的半米高的沙拉
在北京的火山上
正下着皑皑白雪

在我们国家的一些州

有一次,我开车从我们国家的一个州到了另一个州
我是说从滨州到德州
去北京的路上,我还路过了沧州
杀人放火的沧州
酒葫芦颈系花枪的林冲和小旋风柴进
一个诗人在高速公路上向你们致敬
也致敬青州的赵明诚夫妇
谢谢归来堂盛情的时光

在南方的一些富足的州

我偶尔去过的那些州

比如苏州、杭州、福州和广州

比佛罗里达更靠南

那里有下不完的雨

花不完的银子和开不败的女人

有时,他们也谈起北方的一些州

像谈起非洲的穷亲戚

岛

当初,我只是画了些岛
你便狂奔而去
致使路程遍布虚无
爱情寸草不生

必须死去
才能葬于祖国的这些岛屿
才能果纳冬天的爱恋
这随身携带的锦囊
遇刘而开

那些解放了的人们相互奔走

那些敌意化成的雪

咆哮中变红

那些,还有那些……

应该在适当的时候截止

弃舟登岸时饮泣

在太阳重新升起之前

你要尽可能消磨这生

黄河吟

近乡情怯

黄河见我亦沉默

它亦是像我一样的浪子

既然流浪何必归来

既然归来当年何必离开

不如守着这条河

这埋人的好风水

祖宗的农耕

泥土里发芽的棺木

像舟子渡到河东去

我渡过这条中国的大河

我是中国的瓦当

热泪盈眶

饮下这条河流的月光

独自走在回家路上

2017 正月初六于利津

在北京想起南京

今天下过小雨

房间里有些阴冷

我听着音乐

忽然想起南京

想起在南京

也过着和现在一样的生活

很多东西一成不变

比如春天

比如对你的思念

而你已不记得我是谁

就像我

从来认不出他自己

每年春天

我都要写几首诗

埋葬自己

因为我爱春天

但并不多于其他季节

不多于其他人

对春天的热爱

我的爱也很普通

请你相信

卷三　咏怀

爱偈

一

世上女子

唯美第一

美是无情

不幻起占有

人间长恨

二

于百千亿劫曾热爱

于每一粒沙雕刻你面容

那聚沙成塔的梦

像充满宇宙无尽之空的风

随死而万世播种

2016.8.2

舍弃

终有一天
我将遭舍弃
不是我自己
是所有的人被所有的我舍弃
是那些我被一个我舍弃
我辞别你们上了岸
我上岸了
这是孤岛一座

瘗鹤铭

嘘,偷听的茶炊
人间倒向羽毛的去影
在江声里阔步前行
在汹涌的寂静
我磨洗汉字有如静物
像一段悬崖凋谢了海洋

春天革命

一夜之间

天下易帜

挟桃花以令诸侯

春天发起的北伐战争

倾国又倾城

那沦陷于春天的美比美国还美

一个朝代穿越暴风雪的花海

集体移民到春天共和国

春天国富民强

春天对全世界免签

每一朵花都是一座春天大使馆

开往春天的地铁全都开着外挂

春天人民从此站了起来

世界人民春天大团结万岁

2016.3.8 凌晨

春天众筹

我发起众筹一个春天
每位参与者都是春天的股东
遍布春天的各个省、各个市
各个春天自治县

我请蜜蜂忙着孵化更多的春天连锁店
春天咖啡馆、书店和春天火车站
请黑客破译春天源代码
加速春天繁殖和霍乱
春天席卷了整个人间

我是春天的大老板
像金三发射春天的核弹
我发射春天的降落伞
看春天花枝招展
人们猜我多有钱

其实穷光蛋也有花不完的春天

像惊天动地的爱情

盛大又短暂

2016.3.8 凌晨

春天的河流过冬天的河床

春天的河流过冬天的河床

河岸上还站着去年的姑娘

广大的风，低头努力不发出声的树枝

和一颗压抑着荒凉的心

这些终将崛起

像河流立起

手挽赤脚穿高跟鞋的春天女郎

在地图上翻山越岭

2016.3.8 凌晨

海滨抒怀

看啊,海浪每时每刻都在修改着祖国的地图
唯有你,是我自古以来不可分割的一部分
是我众神逝去的黄昏,星辰与愁容

四十自寿

四十岁了,我已不需要任何人册封
我已是遥远祖国的一枚大师
如果不是,一定因为遭到了祖国的诅咒和放逐
祖国祖国,请你擦亮双眼把我认清楚
像认清你苍凉的受伤的国土
在那丰饶之海上,必然漂着我不朽的墓碑

从古至今

从古至今

无人像我

怀着一颗从古至今

忧郁的心

像土星拉长命运

水星泛滥多情

从古至今

海在我身后若即若离地跟着

像历史的拖延症

写一首诗再起

早上醒来
不急于起床
先在手机上写一首诗
诗写完了
我的一天也就完成了
接下来我可以什么都不干
就像透支死后的时间

人生譬如朝露
如果不能凝结成诗
还有什么意义
而意义
是消逝的山水

为每一天写一首诗

为每一天写一首诗
像给每一条河流
取一个温暖的名字
用每一首诗问候
每一个即将来临的日子
太阳每天都是新的
你是即将来临的一首诗
而我是你用旧的日子
不肯扔掉的旧衣服
我只是一首诗
只愿意和你
世世代代居住在诗里

诗是最初的言语

诗就是说话,看云谈天气

很简单的热泪盈眶

或者很深的寂静

真实的虚空

像日子充满身体的每一寸皮肤

应该用诗丈量土地

用诗统一货币

我像守财奴珍惜为你付出的每一首诗

在视爱情如粪土的日子

就连诗也不值得珍惜

歌谣

我的过去是一片废墟

我的未来是未知的天体

一个人要迁徙到另一个人的心里

而另一人被逐出

客死他乡,面容模糊

爱一个人就像住在一场大雪的虚无

你看白茫茫的大地真干净

谁在海面上建筑孤独

风吹即灭的岛屿

整个宇宙痛苦地转过身去

披上这件波涛的衣服

2016.12.2

厕上问学

早晨起来,师父在厕所里长叹——
"冷尿(suī)热屁,古人诚不我欺。"
说罢,牙刷失手掉进马桶
他只好拽起我少年的手指
挤上黑人牙膏
模仿那话儿,在口洞中进出
又像火车,推、拉着镜头
在隧道的雪国
偶尔他咬,像碰到岩壁
有火星,疼,但没流血

星别

夜晚为我打开宇宙的集邮册
我随意浏览一段银河
随意用一颗颗星点一些赞
然后又合上

你我相忘于宇宙大爆炸的木石前盟
在银河的尽头道一声珍重
如立约的虹

散步

黄昏到天边散步是季夫妇每天的功课
手挽着手,像一曲刚刚展开的热恋
他们总是天真地以为这样会更长久

行百里者半九十
有时,他们走到地球稍事休息
顺便也看看我
像看看他们死去多年的儿子

2016.9.17

哀歌

半途而废的事情太多
说好的永远
只走了一半
该不该抱歉？
像从剧场到天文馆的山上
刚走到可以看见海的地方
"没有认清痛苦
爱也没有学成……"①
我什么都做不好
什么都做不到
却什么都想要
直到什么都不想要
人生，充满生而为人的烦恼

死也有死的烦恼

所以,最好是信上帝

一劳永逸

或者相信轮回

一切皆有原因

这样才可能稍事安静

像被闪电瞬间击中

不得不放弃下一段银河的旅行

2016.6.19

注：
① 见里尔克《致奥尔弗斯的十四行诗》，林克译。

再立夏

一

报载:
虽然节气已经立夏一周
但由于我市地处沿海
距离气象学上的夏天尚需一个月的时间
市民仍需耐心等待。
现在,夏天仍然停留在诗学上

二

春天已死
夏天当立
夏天十万火急
可是我的诗不成
这夏天也立不成

青州

在我们国家的一些州

三

现在能闻见

春天的尸体

已经腐烂的气息

像馥郁的熟女

而三里屯的捡尸人

还没有出现在北方的海岸上

四

只有来自辽宁的四十岁的男子

独游西霞口海洋馆

被海象死死抱住沉入海底①

这孤独的爱情的死

春天的殉美之书

注：
 ① 据网络新闻。

风湿帖

整个下午
他都用来打电话,看
与各种烂事情
刷一双旧帆布鞋
用力爱着自己弯腰的老腰
像风吹即痛的爱情

事实上
他知道
在人间
已经找不到了
他不寻找
也不打算放弃
他打算也不打算

就知道了

此刻，秋天加速着助听器
人心思变见贤思不齐
你是我中午食过的苜蓿
悄悄探出胃
像一支红杏出呀嘛出墙来

君自故乡来
应知故乡事
回顾所来径
明日隔山岳

顿首。

每天晚上都不舍得睡

每天晚上都不舍得睡

我是一个小心翼翼的人呵

生怕睡着以后

别人动了我的世界

我这个贪得无厌的人啊

不想跟世界有片刻的分离

世界就是我的书、我的阅读

我的写作

和世界上所有的美

每一缕风

每一次呼吸

每一个此刻

2017.1.13

秋兴
——致张小波

秋天到来,万物并不因此深入
所有的存在都将继续存在下去
直到永生,直到永死

连绵的老酒加速酒后忧郁症
命运运转中年的台风
谁在黑暗里吟诵:
"乐天为事业,养志即生涯"①
酒色财气,终期于尽

如今,万物即兴而作
不与人类共进退
多一事不如少一事
失败的祖国不配拥有伟大的诗人
革命悬而未决,转眼成跋

注:
① 见邵雍《伊川击壤集》。

鉴赏一首未写出的诗

首先映入眼帘的是
两棵穿便衣的火树
季节指向牛马
太阳照在河的反面
诗人正退出阴郁的还乡

请注意：远代表了阿托品式乡愁
皮浪意味着萨福的嘿咻
他随手拾起一个比喻
扔给敌人的闺中密友
嘘，劣迹斑斑的词语
正大步行进在叛变的路上

然而，诗歌已经不信任了诗人
阴谋照亮万物
爱情不被祝福

我们的主人公尽管精通乘法

但岛屿服用了镇定剂

此起彼伏的脸渐渐浮出桌面

最为紧张的旋律升起

刀叉匍匐前进

紧随其后的是大段大段的回车键

预示前景一派光明

可我们的心还是不由自主被莫名的忧伤牵引

我们这些善良的读者呦

仿佛一群懵懂的小梦

谁也没想到结尾如此迅速

写作才刚刚开始

一个人什么也没打败就赢得了战争

没有了失去也没有了命运

没有了这首诗并不虚无

最致命的是

没有上帝能将我们摆渡到阅读之前

日记三则

马嘎尔尼

在第一浴场看海
在辛庄街清真寺买了馕
夜里喝苦荞茶
读刘半农译《乾隆英使觐见记》
不堪卒读
下载《英使马嘎尔尼之访华档案汇编》
马嘎尔尼北上期间曾在登州短暂停留
吃过羊肉
没有吃馕。

武松

在条凳上睡了五个小时
冻醒。

此刻，我是那硬要过景阳冈的武松

话说武松酒醒之后

唯见东方既白

并未有神马大虫

不觉心灰意冷

提了哨棒

一时不知该往何处。

不会遇见如花似玉的嫂子

不再有《金瓶梅》和笑笑生

不能被逼上梁山

只得撤出《水浒》

杏仁茶

曾与朋友夜游牛街

吃了爆肚

没喝杏仁茶

在超市看到杏仁茶

便买了

朋友久无联系

杏仁茶迟迟未喝

牛街的祷告声

藏

藏起来吧

亲爱的玩具

藏起来吧

鞭子和宫刑相依为命的日子

你在水中一意孤行

喊着小小的芬芳的名字

如倒吐的朵朵莲花

你在沙漠里发疯

和心上人道路以目

你反复梦见羞辱

化为金雨同羞辱交欢

而在另一个梦里

又被羞辱遗弃

这一天

这一天
日子被藏进数学题
只有精通方程
才能获知意义

这一天
遗民在汉字山上罄了新竹
黑色的红墨水
一万次汹涌成冰封的河

这一天
无人能够将它抹去
像抹去一块红布
抹去祖国的地图

豹子

如今，并不是每一只豹子
都能记起，它腹下的花园
耻骨间阴影悚立
如今，悔恨比鞭子更深
直接命中睾丸
而另一只从血盆大口中逃奔
在大雨中抢走一路哭声

如今，枪杆子里出政权遭遇叛变
爱情在消亡，光明在撤退
诗歌已是身外之物
如今，再没有同类将你抱紧
美女深入骨殖
种子撒入石缝

以我栖迟处

那晚上乘 803 归来的人

路过绝望之域

有人在水面上吐了一口痰

公路看起来是水

但不能吞下

什么都是虚无呵

除了宁静

除了你孤身一人

返回不属于你的命运

似浮云返回山岫

华北的落日

是什么使人由日落想起终老

而不是月的上升,朗照着无?

又是什么人不曾败给命运

垂手空拳,像丰收后的大地一览无余。

人生,何必生而为人

何必惧怕着死

像惧怕一首查无此人的诗。

你走出地狱之门

撞见群山奔涌。

明信片

他不记得到过这里
哪怕是在梦中
自从被印上明信片以后
他第一次漂洋过海
额头上多了几个陌生的邮戳

谁在黑夜里呼唤爱
谁就得不到回答
谁把梳子放在嘴边
谁就吹出落日的序曲

时隔多年

这人再次给自己写信

因为情不能已

多少生生死死

仿佛从没有生从没有死

该怎样看待这个哀伤的人

他的哀伤融化成玻璃

被水催眠

> 我渴望睡意临近之感
> ——费尔南多·佩索阿

一次,我和妻子走过落雨的河流
我们驻足桥上
观望那越来越湍急的河水
无声地漫过岩石

一次,我们相拥睡去
沐浴着露之芬芳
沐浴婚姻的甘霖
没有人会在梦中询问
——你是谁?
没有人听到
青草呵,从身体里溢出

一次,我和妻子去看望朋友和他的妻子

站在倾斜的打谷场上
扶住马厩的一角
观看他们的财富正在生育
朋友说：
亲爱的，我们换妻吧
我们的妻子手拉着手站在一起
脸上流露恩准的幸福

一次，我们永远地失去了对方
又神奇地回到往昔
我们不止一次地想到
这一生可能，或者，
差不多，也许……
最关键的是后面的半句
仿佛做爱中间的停顿
大脑一片空白

一次，我和妻子走过落雨的河流
一次，我和妻子去看朋友和他的妻子
一次，我忍痛屏住呼吸……

雨天的诗

一

突然,房间里的光线变暗

音乐从 D 调降至 C 调

地板上的孩子停止向地图深处的爬行

一个人边缘,就永远边缘

你避雨,雨也在躲避你

像历史避你唯恐不及

而命运是谁遗弃的雨衣

二

一个人走遍世界上的海

寻找口袋里丢失的岛

像一只信天翁寻找一只白鲸

一只苇笠寻找戴雨农

三

大雨将浓,余读蒋介石日记
1938"刺汪未中,不幸之幸"
想起上个月的青岛八大关
我曾乱入胡蝶的故居
聪明的男人就应该找个丑女人
像诸葛亮和汪兆铭
书生就应该在乱世读圣贤书写艳情诗
娶妻生子,经世而不致用
叫父亲太沉重
像君戴笠就应该步行,而不该坐飞机
爱情的雨积云会把你击落
在历史的天空
像徐志摩爱着陆小曼
就应该在津浦路上坐绿皮火车从前慢
像浪子回头的蒋中正
就应该效仿毛润之早年的偶像曾文正
而毛润之的名字和蒋介石的名字

同样源于《周易》——
"鼓之以雷霆,润之以风雨"

四

而那些改写世界的女人
雨天的妖精与草木鱼虫
你的生命如此多情
如孙悟空三打白骨精——啪啪啪
如听听那冷雨打碎法海的僧庐
最忆是杭州

五

庐山烟雨浙江潮
庐山烟雨浙江潮

小米

秋后新下来的小米堪比明前龙井
小米以安丘一带火山灰种植出来的最好
我去看过那些荒凉的火山
埋藏着绝望的恐龙

2016.9.17

早春二月

我开着收音机

听了一夜相声

春雨也未把我唤醒

早晨有人提着心碎走路

乘地铁过蒲黄榆

我已是速朽之人

我只是途经银河的矮星

演奏

下午的演奏涉及光芒的涌入

大提琴惊起 S 省北部的一群鹭鸶

沿着镜心向冬飞去。

那是比平原更低的倾诉

如果爱,就用上升的雨用力地坚持。

像鳜鱼南行在崎岖的山路

像岩石囚禁一盏灯那样再次发明词语

像人生,一开始就拒绝存在下去。

触手可及

触手可及的是这黑夜

空虚而又完整

无所不在

像爱却不是爱

将我包围

在我的生命中

经历无数这样的黑夜

他们彼此亲近

却与众不同

像我总是自我否定

因为,每一个一
都只是那一个一
因为他们都那么优秀
而你只属于你
这语无伦次的诗

当初
你只是轻轻转动手指
世界就整个开启

引力波

引力波我大体搞懂了

可是有两件事始终不懂

比如，目光是一种什么光？

不能把黑暗照亮

但两个人互相看来看去

就有了意思

那么，目光是一种什么光？

谁能解释清

是不是就可以得诺贝尔物理奖

物理属于相爱的人

再比如

我在初中课堂上因为练气功

挨过物理老师的打

他只知有气不知有炁

更不知炁非气

上世纪八十年代的中国物理界

曾经大力研究过气功的气

也就是炁

外公订阅《气功》《中国气功》《气功与科学》

我每期都读

现在想想，其实炁就是一种引力波

当我运气

双手相互排斥又吸引

曾于课间向同学们表演

"把手伸出来，与我双手相对"

靠近，再靠近，但并不贴上

"感觉到了吗？"

"嗯"——女同学的脸突然绯红

一阵怦然心动

仿佛被甩到宇宙之外黑洞边缘的课堂

2016.2.13

一天

吃过早饭

我开始爬山

为的是翻过这座山

到山那边去吃个午饭

吃完午饭

就往回返

在山坡上美美地睡上一太阳

醒来已是黄昏

万家灯火之时我回到家

妻子已准备好幸福的晚餐

2017.1.1

沉浸

有时,沉默在黑夜发生
像爱情的降临
有人听见了
有人在做梦

有时,沉默在雨中发生
像沉默的钟
有人在倾诉
有人在倾听

有时,我们从现实出发
奔赴一场伟大的沉浸
像迎接新年和革命
而沉浸没有发生

另一回事

造园和写书是一回事

而博尔赫斯是另一回事

写一本书和写很多本书是一回事

而诗是另一回事

《红楼梦》和《西游记》是一回事

而《金瓶梅》是另一回事

浪子和好丈夫是一回事

而妻子是另一回事

婚姻和幸福是一回事

而爱是另一回事

行万里路和足不出户是一回事

而孤独是另一回事

沉默和言语是一回事

而回声是另一回事

四季和风花雪月是一回事

而海是另一回事

2016.6.9

海滨抒怀

望远镜

寒鸦三章

一

在夜晚渡过一群寒鸦
像踢开一场白雪
抠出埋葬在往事深处的猛犸

二

此时的天空需要一群寒鸦
去劫持一场勃鲁盖尔的婚礼
需要一场水浒那么大的雪
看武松踏雪向奴走来
松弟呀,嫂嫂
只准摸,不准杀

三

在冬天北师大的夜晚
张清华指给我看那一群寒鸦
此地唤作铁狮子坟
坟早就没有了
但乌鸦记忆世代相传
故世代逡巡不去
全北京的乌鸦都集中在一起
守护着这座偌大的铁坟

2016.9.17

卷四　童话

中秋

从明天起

月亮决定不再升起

它要放假三天

宅在家里

和嫦娥吃五仁月饼

2016.9.14

老友记

下午路过海

游客正多

海忙着和他们说话

见我来了

只彼此望望

波涛闪烁的目光

海接着忙

我也不必打招呼

转身即走

水母

在养马岛看到水母

栈桥下漂过一群蒲公英

她们的衣裙被海流托举

透明的肉体似有还无

这些小小的萝莉

全然不像五亿年的祖母

夜晚降临

她们点亮了一片海

像一万只萤火虫的烛光晚餐

使岸上的恐龙情不自禁眼含泪水

想起青梅竹马的爱情

又像了不起的盖茨比

深爱着泡影中的黛西

2016.6.16

海滨小夜曲

一

一天的嬉戏之后
海也累了
海收起波涛
像天空收起风筝
最后,我卷起海
像捐起熟睡的女儿

二

在你们放生鱼鳖的地方
我放生了海

三

大海永不落幕

大海没有剧终

2016.6.26

养蜂人带着个魔术剧团

每一个蜂箱又分成一个剧团

每一个蜂巢是一个更小的剧团

每一只蜜蜂自己是一个小小的剧团

养蜂人是一个孤独的国王

他想娶一只蜜蜂为妻

蜂群是他释放出的一个孤独的梦

他是蜂群释放出的另一个梦

2015.12.18 回三亚路上

爬香山

本想周末早起爬香山
可是早晨醒来觉着好累
而香山却那么远
怎么办?
我大喊一声——
香山你过来!
香山听了跑过来
于是,我爬上了香山

兔子

某小姐要出门旅行

临走前把一盆花托付给 M 先生照看

他们约定等某小姐回来后

在她家门口的咖啡馆交还

事情就是这样。

见面那天

M 先生歉然地把手藏在身后

他从花盆里掏啊掏

结果掏出一只兔子

怎么跟你解释呢,他说

你的花盆里长出了一只兔子

我知道这很难让人理解

就像我这个人一样让人费解

可事实就是这样

你的花长成了一只兔子

不过,兔子好好的

再见!

莴苣小姐

早餐是南瓜小米浆
白饼和芋头
一夜的兵荒马乱之后
过冬的熊进食缓慢
回忆着战争。
他顺便切了莴苣小姐
预备中午炒鸡蛋
冰箱里的莴苣小姐
自我催眠的女巫师
她的咒语是——
W—I—F—I

借鱼

我们去吃鱼。
可是店主告诉我们没有鱼了
可是我们不想点别的。
店主说,那我去隔壁店借条鱼。
鱼端上来了,眼睛那样子看着我们。
它本来可以不死的,便心里不平。
我们大模大样吃它的肉
小心翼翼躲避它的眼神。
我们把它的身体吃光了
它的眼睛还活着
且仇恨着泪水。
最后,我们只好把它的眼睛也吃掉了。
它在我身体里安静下来
像黑暗的大海。

望远镜

M先生把地图挂在书桌对面的墙上

然后坐回原处,手持望远镜观望。

望见地图上的山河、丛林、大海与城郭。

他不断调整着焦距

像调整着地图上的比例尺。

重重放大之后,他望见自己所住的小区

自己住的楼房和自己家。

他望见一个男人正坐在自己书房里

手持望远镜向这边观望。

目光与自己对视

他吓得不由自主地把手里的望远镜扔掉。

他从此只用不戴眼镜的近视眼

打量那幅地图

那片朦胧的国土。

黑加仑

今天天气真好

中午上街逛逛

先是骑了一会儿木马

后来又理了个发

最后我走进了马兰拉面

人很多

队老长

一个小伙子和他的朋友还有女朋友

他们不是那种小白领

真让人喜爱

他们说：来两瓶黑加仑

喜力大小的瓶子

此前我从未见过

是啤酒还是饮料呢？

是啤酒还是饮料呢？

他们人手一瓶

站在那里边排队边喝

有说有笑

女朋友忙着占座

他们顶多二十岁吧

他们真好

好不容易排到我

我舔舔嘴唇，大声说

来一瓶黑加仑！

服务员看看我：

对不起

没有了

在古代

在古代,我们学习土遁

奇门遁甲、通灵术和变形计

下雪天,我们喜欢从一本书滑行进另一本书中

郊游时,随便发现一块新大陆

作为送给初恋女生的生日礼物

那时候,尽管你我已经精通暗恋

可我们的爱情还远远落后于人民群众的需求

漫天数不清的星星等待我们命名

像长袜子皮皮脸上的雀斑

还有,随心所欲的手工课

钻木取火、黏土卡通

历史是我们的乐高玩具

那时候,历史和我们一样年轻

世界还没被人用旧

藏山图

一

怎样藏起一座山
转山,一圈又一圈
像给山上紧发条
一圈一圈,越来越紧
小心呵,马上起飞
山腾空而去
此地空余藏山图

二

怎样藏起一座山
给山披上绿装
结果欲盖弥彰
给山种上毛发

春天抖落了满头白雪

白天的山总是太欢

夜晚，山打起呼噜

烦死啦

早晨我就把它牵走

三

怎样藏起一座山

愚公说：你搬，我搬

我们都对山视而不见

咦，山在哪儿呢？

山怎么没了？

山气死了

转身跳下悬崖

2017.1.17

卷五　青春

渴望

我渴望拥有对落日的焦灼
由于热爱所享受到的绝望和死亡
那样会使我更倾向于一个诗人
像火车撞向远方的地平线
太阳从大地深处进射出光明
树木抖落身上的白雪
迎接春天到来
一个少年奔跑着划出一条火线

1994—1997：十首四行诗

一

鲜花开在高高的树上如同往事的悲伤

青春和太阳传唱我一生的愿望

岁月的打击于我是一种深远的幸福

我写下的诗歌只是回声

二

饥饿在我体内唱歌

像一个穷孩子敲打着一只空饭盒

两个穷孩子真诚相爱

他们要把好日子找回来

三

在北京西部的山里

父亲和情人居住的村庄

山林在夜幕中轻轻呼喊

流满月光的河水流过我生疼的双眼

四

两只小羊上山

上山时碰碰角

下山时还会这样

还会这样

五

在海上漂泊六个月
在内地一个镇子上和兄弟们喝酒唱歌
在人群中感到自己善良孤单
在赤日炎炎下返回家乡

六

面对孤独有两种可能
要么被孤独吞噬
要么被它甩在身后
当然你也可以选择成为孤独本身

七

故乡的石头坐满雪白的天空
春天的牧羊人走向负伤的湖岸
为什么天上有弯红月亮
河流里漂着一颗水晶心

八

我已离家很久
海洋依然遥不可及
而路程早令我心碎
不是隐喻而是事实如此

九

那人反复梦见羞辱

在另一个梦里又被羞辱遗弃

二者均无快乐可言

相同的只有抽打

十

我看到的阳光不是以往的阳光

青草在更高的山坡上自由生长

我感到的孤独也不是你们所能想象

它只属于中国的瓦当

短歌

之一

请把这束枯瘦的花枝插进河流里

就像农民把手插进粮食

诗人把诗歌插进命运

你把泪水插进爱情

也许这样,我可以活得更久

天快亮的时候

我在群星照耀中

从大地上缓缓站起

这时,我感到的幸福并不比任何人少

一座危险中坚持着高度的悬崖

给了我从未有过的安慰

太阳很快从我头顶升起来了

桥梁从峡谷上空穿过

而我，攀上对面的山冈
为的是更好地看见你

请把我的骨头插进泥土
把春天插进泥土
就像一个春天把阳光插进我的灵魂
把雨水插进我的脉络

请把我插进春天，插进黎明
我该成为一株树
或者一颗因爱而疯狂的星辰
一柄利刃，不顾生死打破宁静
也许这样，我可以活得更久

之二
当天鹅飞越湖水
当月光照亮河流
一个人正努力走回过去
平原上开始下雪

当我用力推开漆黑的屋门

空空的桌子上

一支蜡烛就要熄灭

是谁在黑暗里叹息

并扔掉手里的书籍

当流星划过我的指缝

大地伸出它美丽的双手

一列火车轻轻撞击着我的额头

以及桥涵、山洞

是谁在这时轻声告诉我：

我经历沧桑，忘却归程

我活过、爱过，即将离去

之三

当果实不再坚硬

秋天在天空里唱歌

一个人背倚一棵大树

看见死神的舞蹈

当痛苦变成一只怀孕的牡蛎

我才想到生命应该珍惜

一只蜜蜂背着巨大的蜂箱飞到我身旁

请告诉我幸福的模样

是不是酷似死亡

秋天,石头一样的云

从西飘到东

1996.4.27

重归苏莲托

雨水

朗诵

我在一个幽静的夜晚
听见一个女人在朗诵
她面朝河水,长发低垂
双手放在胸前
无法看到她的脸庞
只闻见风吹来她身上的香气
也许是玫瑰,也许是泪水
她声音甜美,语意深情
使我不由地猜测
也许,今夜我遇见的是
艾米莉·狄金森

我在她身后伫立许久
她却从未回头
我感觉光阴飞逝,似已多年
她尚青春动人

我已衰老无比
我想伸手扶住她的肩膀
看她群星幻变依然不改的容颜
这时，我听见她说：
如果你在百年中爱过一个人……

谣曲

为寻访一段失落的爱情
我来到阔别多年的城市
向那些渐次衰老的少女
奉上琥珀和月桂

愿她们心满意足
愿我看清那些灼人的秘密
愿我把死马医成活马
而对命运保持沉默

我是如此知趣
虽然不合时宜
像一只牡蛎
怀抱爱情却不能开口说出
直至在漫漫海角无声地死去

我爱的只是一个拾垃圾的少女

明天,她会在哪个角落里发现我?

但愿她能为我哭上一场

哪怕过后就永远地遗忘

1994.12.17

木樨园

如果我是一个天使
就会降临在夜晚的木樨园
我会拦住所有从这里发出的汽车
寻访一个少女远去的踪迹

如果我是一列悲愤的地铁
就会在这里涌出地面
我会招呼那些匆匆赶路的人们
停下来一会儿,看看我,
看看一个平凡的人和他平凡的爱情

如果,雨
在九月的北京停留
就请它淹没这座小小的车站
也抹去记忆中的忧伤

如果月亮能够缓行

尽量别让往事发出声音

让我在冰雪覆盖的大地上

静静地等待奇迹发生

1995.9.16

重归苏莲托

想到自己终是一个古典的人

不免有些伤心

我是否知道了人生的一些事情

像一个半途而废的旅人

一步一步地退回家乡小镇

缺少了爱与死的勇气

你我生平各异

却在秋天相逢

我是否已走遍了祖国的大好河山

和你相爱在异乡的列车上

我是否已在泪水中亲吻了你

你的唇和树上的阳光和飞鸟的翅膀

想到自己终是一个古典的人

守住平静的生活

把它当作唯一的真实

我是否知道了人生的一些事情

一些折磨和小小的叹息

像一个胆小的猎人

弓箭遗落在远方山林

也没能带回一件猎物

我只和你爱过

在那些日子里耗尽了青春

想到自己终是一个古典的人

拥有一座靠近河流的房屋

我可以看见船只驶向远处的港口

看见你在那头挥舞着手帕

真怕自己从此流下泪水

我不是一个珍重爱情的人

只是偶然听见你的声音

不管你信与不信

不管你在秋天与我相逢

请允许我回到家乡小镇

放下弓箭，拥抱亲爱的母亲

我从此不再远离

不再奋斗

1995.11.2

卷六　节气

立春

三十而立
不到年三十
春就立了
因为今年没有年三十
像穷人的孩子早当家
春还很弱
只是佩戴着她母亲的名字
像穿着少妇装的少女
像我的心
还停留在旧社会的冰天雪地
却硬挤出一条幸福的河流
因为毕竟是立春了
立春就要有个立春的样子

2016.2.4

雨水

天造草昧

雷雨之动满盈①

雨是天地的笔意

像少男邂逅野地里的少女

民间有了爱慕

"屯如邅如，乘马班如

匪寇婚媾……"②

在清晨的节气里洗脸

听见隔壁餐具的嘤咛

世界每一年都是新的

今年的雨水和旧时的人

有什么不同

雨水菩提

为我揭幕

2016.2.19雨水，写《周易》屯卦卦义。

注：_____
　①②见《周易》。

惊蛰

惊蛰惊着了餐桌上的凉拌海蜇
回忆起自己曾是龙女的婚前
张生煮海煮成了张先生
放弃农耕,不再关心大地上的事情
世界太小,还不够我们进化一生
惊蛰这日什么在苏醒
如七年之痒如成长呵万物奔腾
对不起,这一日我惊着你了
你醒了,我可以放心睡了

2016.3.5

春分

八十年代的春天
留着大分头
广州来的苹果牌牛仔裤
装饰了同学女生的屁股
看她,我脸变得通红
仿佛穿在我身上
春分,不管黑猫白猫
只要发情都是好猫
它们翻墙越脊来相会
像穿越南中国的边境线
——前面就是香港

裸体扑克和黄色录像的圣城
把春分的种子吹往祖国大地
春分：宜思春，宜精分
恋爱摧残着疯狂的奥兰多
把革命和骑士的精神传到家乡小镇
一些传单和三五小撮垂头丧气的学生
那时我开始随外公练习气功
小周天还没有打通
却跟着《少女之心》
偷偷学会了手淫

2016.3.20

谷雨

是日有时有雨有时无。

各种花开各种树

各种人行各种路。

吾养一群云在山谷

吾是那未曾写出的古书中的牧云人。

吾植一树桑于溪头

吾又号灌园叟遇仙女。

吾煎茶、酿酒、食香椿

吾是谁种下的蛊?

吾乃养生主。

吾游鱼耳,与浮萍嬉戏于大虚无。

吾是歌唱的布谷和穿羽衣的道士戴胜

挥一挥衣袖

不带走一片春天。

2016.4.19

小满

小满,唤你的名字

心暖,有隐约的麦香

这名字一定是一个好人家的女儿

当麦穗含苞待放

乳房开始灌浆

这是一个大时代撤退之后的山河小满

浩劫过后,人民重新恢复生产

看——田野上走来生为人母的小满

头戴苦菜和靡草的芬芳

男耕女织的小满

穿上中国的花布衣裳

2016.5.20

芒种

那些死后看不见阳光的人看不见芒种
看不见麦芒和阳光灌溉着
鲜血灌溉的广场

东方、南方和北方
那被死亡收割的青春多么荒凉
那骨骼作响的铜像
剔骨还父,削肉还母的一代哪吒的群像
身披霞光与残阳

一个时代成长
另一个时代退下如消逝的光①

如种子隐忍起希望

丰收后的大地不再有芒种

饱满到爆炸的芒种

从你黑暗的心脏爆发出的钟响

喑哑浩大的绝唱

推翻了一年一度的夏天

2016.6.5

注：
① 参见骆一禾《辽阔胸怀》。

立夏

立夏的烟台天气还很冷

夜晚披衣写经

不觉到天明

感慨世事无心亦无情。

以撒亚①从恐怖袭击后的布鲁塞尔来信

春天到了,我的朋友

他说,一切都会好的

可是,现在明明已经是立夏

仿佛光在大质量物体前弯曲

时间在某个环节出了问题

春天冗长的抒情像黑夜的花腔女高音

高过亚德里亚海的屋顶

使人想起利玛窦的远行

一封从中国出发的信经过十七年才抵达罗马

它的主人墓木已拱。

事情就是这样

春天还没有完全展开

夏天就已经到来

像两出戏剧同台演出

像一列慢车和一列高铁并排停在站台

该跳上哪一列呢?

我们都是偏爱历史的人

偏爱历史古老忧郁的激情

而使生活缓慢地失去了航程。

2016.5.5

注:

Isaia Iannaccone:当代意大利学者、作家,侨居比利时。

处暑

处暑,于老家整理旧书
仿佛置身少年的屋宇
从未远离。少年的屋宇早已不在
只有旧书上流淌着
仿佛我尚是一条少年的河流
周身清澈。那时我尚不是
一颗彗星长长的影子
给别人带来无尽的伤害。
院子里的豌豆、月季、金银花……
都知道我天生良善
你们要帮我证明给世界看;
以及不远处草木葳蕤的祖先茔地
我必光荣地走向你们
你们要欢欢喜喜地接纳这个伤痕累累的浪子
像迎娶秋天幸福的新娘。
像我当初要出门到世界上去

你们该拦下我

千万要拦下我呀。

世界,我报世界以微笑

世界报我以擦伤

我擦伤了你们

流过我故乡的河流和屋宇上的月亮

为情欲和生存流下屈辱的泪水

默默捱过了炎热的酷暑

迎来清凉的鸟鸣——

它不会使我心惊

2016.8.24

秋分
——过魁星楼隧道,兼致里尔克

时已秋分

孤独愈深

没有人可以给什么人

写长长的信

大地之上布满

虚无的屋顶

生命幽寂

如行在深深的海底

幸有微光开在山岭

像活着的人通过火

给死去的人送去寒衣

天空通过群鸟

打听过你的消息

2016.9.23

立冬

昨夜天上大风

刮走院内三眼井

早晨上山寻井

看见大海被锁进笼子

大海不咬人

万物于我不亲

冬天小国寡民

2016.11.7

冬至

冬天是收藏的季节
我写下这一句
空气就变得灿烂
灿烂得如同你的脸
如果,你真的存在
并笑得这么灿烂
我会把你藏在最深处
像一只公鼹鼠藏起
一只母鼹鼠

或者,一只母鼹鼠藏起

一只公鼹鼠

只要是在一起

虽然,这很幼稚

在这个世界上

冬天深了

我改动了别人的诗

献给不存在的你

卷七　古风

春分

瓦道士的一百首佚诗之一首

题银马速8酒店

整夜,隔壁少女的呻吟
春雨一般抚慰着我这个老男人
使漂泊之旅顿时有了诗意
仿佛我不再是杜甫,而是杜牧
时间于窸窸窣窣中滑向晚唐

代宋江题反诗

一

我落落寡欢

踌躇满志

槐花的香气伤我

财主的女儿暗恋我

无法应付的革命

疯狗一样追随我

我日暮途穷

宿建德江

看见旷野深处的野树

忍不住无限惆怅

这壮美的河山

激流澎湃地涌起爱的高潮

我日出而作

日没而息

如月光下展开的思念

年轻朋友们

千里万里来相会

你必三次不认我

我报国无门

忍气吞声

熄灭手中的火把

埋葬异国的烈士

骑着驴儿告老还乡

路过浔阳楼

题下这首反诗

二

那一日，我怀着题反诗的念头登上浔阳楼

一路打着腹稿,是推还是敲,生怕忘掉

我呼酒买醉,只为壮胆

却忘了自己本不胜酒力

我喝得烂醉如泥

只顾在姑娘们怀里撒娇打滚

忘记了东京牢里的革命兄弟

忘记了酝酿半年的反诗

而今,脑海中一片空白

充满了英雄才有的悲哀

我怎么这个样子了,我身在何处

我的剑和诗呢,我又是谁

抬眼望去,云烟深处水茫茫

料峭春风吹酒醒

各路记者已闻讯赶到

观众们越聚越多

此时不题,更待何时

于是,我果断地抽出派克金笔

蘸着酒渍和姑娘们的唇膏

在一次性餐巾纸上写下——

相信未来

兰陵县

那一年,我被贬至此县
做一介郁郁不得志的小官
天天迎来送往
偶尔遭人暗算
多亏两位佳人作伴
燕燕轻盈,莺莺娇软①
减些孤单

燕燕有一弟弟
到处打我旗号惹事生非
莺莺的傻丈夫
睁一只眼闭一只眼乐得快活
凌晨,我离开他家正遇其从洗头房归来
冲我笑道:老爷,何妨再来一炮?

县接三省②,民风彪悍

常有刁民作乱,上访不断

关于北乡塌方南城拆迁

干部们被我批得精光

女妇联含泪相劝——

不如成全奴家则个!

此地丰饶

产美酒、美食

曾醉倒诗仙③

单是那羊,便有三十六种做法

绝无重样

一道道端将上来

至酒酣饭饱

仍不见羊鞭

我说——斩!

众小厮跪倒一片

他们扶我上车

他们问:县长去哪儿?

燕燕电话莺莺短信……

滚,我说,让我安静

我推开众人

独自去看荀卿[4]

注:
　① 参见姜夔《踏莎行》。
　② 古兰陵县,今属鲁、苏、皖三省交界地区。
　③ 李白《客中行》,有"兰陵美酒郁金香"诗句流传至今。
　④ 荀子,曾两任兰陵令,墓地在今山东省兰陵县。

纬书

多情使用减法

绝情使用加法

十八般兵刃

我样样不精通

失明在放慢

肉体追忆似水年华

七十二层楼上飞身而下

王已碎尸万段

他生前落寞

死后寥寥

唯有这野草

年年比人高

登山宝训

年轻人,你们还小
你们不知道
一定要对自己所爱的人好
也一定要对爱你的人好
唯独对自己
可以不那么好

因为你给出的越多
你得到的就越多
你留给自己的越少
你失去的就越少

耳顺之年

要是我六十岁了
还有很多朋友
我该多么孤独

要是我六十岁了
还朝三暮四
我该多么快活

要是我六十岁了
还爱着一个人
我该多么出类拔萃

面河而居

我已放弃内圣外王之念
推倒长城,卸甲归田

再次回到北方,我热泪盈眶
面河而居,我多么忧伤

哪怕你是世界上最好的姑娘
也改变不了这付鸟模样

哪怕水往西流
天上没有了太阳也没有了月亮

山中一夜

松下问童子
一时想不起问什么
童子笑着说：
您是问我师父吧
我也正想问您
我想了想
他大概采药去了吧
你看这满山的云
不知道人到了哪里
童子道：
既然如此，天色已晚
先生不妨住下吧

是夜雪深

山中奇寒

松烟的气息与柴火的毕剥声萦绕

间以远处隐隐的鹿鸣、夜枭与瀑音

炉火渐渐熄灭

天也渐渐亮了

我无心再睡

童子打开山门

门外松树上积雪盈寸

2017.1.8

化写贾岛《寻隐者不遇》及李商隐《忆住一师》。

写碑的人

写碑的人掮起黑夜的闸门
写碑的人造一座坟墓给自己
写碑的人用偏旁砍斫出一片历史的新绿
这在汉字山上植树造林的人
转身将大海凿出一个窟窿
又将月亮挖出一条河流
不必奔月,且泛舟而上
有如顺电影漂流
天亮时你将与一座通天古碑迎头相撞
那撞沉大海的日出
只是冰山一隅

2016.6.1

拆墙

拆掉小区的墙

张生直接来到了崔莺莺的西厢

李千金给裴少俊发微信

今晚不需再跳墙

墙头马上只剩下马上

红杏也已无须出墙

曾经墙里秋千墙外道

墙外行人墙里佳人笑

如今行人与佳人

面面相觑在穆赫兰道

城春草木深的小城

不再有小城之春

只有宋徽宗不知道

还在默默挖那条通往李师师的地道

挖成之日突然闯进一辆地铁

新时代不再允许私通

只准公共交通

2016.2.23

神话四则

西王母

晨起忽忆西王母。
自东海来
行一日方至。
至王母睡矣
乃归。

后羿

羿射九日不足为奇
奇的是一箭射九日

可是后羿不忍射月
不忍是他心中射出的嫦娥

张生

好大的海鲜火锅
龙女跳起喊疼

何人斯

那人以天空磨镜
将黑夜磨成黎明
突然大雨倾城
十万天将天兵

2016.7.1

羊角哀的个人悲伤

左伯桃与羊角哀结伴去武汉找工作
路遇大风雪,伯桃解衣相赠而自己冻死。
角哀被楚王拜为大夫,厚葬伯桃。
伯桃托梦给角哀,言坟近荆轲墓
荆轲猛烈,欲除之。
角哀遂自刎,埋于伯桃墓侧。
是夜三更,风雨大作,雷电交加,
喊杀之声闻数十里。清晓视之
荆轲墓上震烈如发
白骨散于墓前,墓边松柏和根拔起。
(荆轲)庙中忽然起火,烧作白地。

参见《古今小说》。

平凡的世界

河南汝州农村青年张劭高考路上
救了行将病死的陕西山阳知青范伯卿。
两人结拜兄弟,朝暮相随
不知不觉误了考期。
直至重阳佳节,方洒泪相别。
两人相约明年今日汝州再会,鸡黍以待。
一年之后的重阳节
张劭具好鸡黍,从早等到晚
直到半夜三更,才见伯卿掩面而来。
"愚兄劳顿忘日,今晨方知是重阳

汝州山阳相隔千里

没有飞机没有高铁和动车

古人云,人不能行千里,魂可日行千里

特做鬼来与弟相会。"

张劭知道接下来该自己的了

于是拜别母亲

踏上了去往山阳的路……

参见《古今小说》。

瓦道士的一百首佚诗之一首

那一日,瓦道士将神甫领到山顶
指着天空诵出一首诗——

看啊,云暮里有隐隐的生活
闪光,传诸久远
那是有人走上山岗
有人走在云上

和你们一样

闪电到来之前

我先看见黑暗

闪电，在黑暗中铸剑

语言使长生放慢

可是，怎么认识道成肉身之谜？

神甫年轻，如急切的保罗

他看见瓦道士身体猛地缩小

像一束光突然打在树上

辛亥

——写在辛亥革命百年纪念日

一

雪下在辛亥的土地上。

雪下在旧历的新年
早起的人们
被乌鸦头顶闪耀的新雪
刺瞎双眼

那天，我和我的兄弟
追逐、冶游
被无名烈士带入祖国的地图
那片陌生之地
迷失，在血泊中的黎明

二

雪继续下

比泰山还轻

比鸿毛还重

四两拨千斤的爱情

摇动象牙床上的江山

四万万偷听的耳朵

如花儿朵朵绽放

苟日新日日新!

狗日新日日新又日新!!

从兹以后

人人都能勃起!

那杀父之仇夺妻之恨
伸冤在我
我必报应!!!

……

那天,欢乐滚过辛亥的屋顶
我和我的兄弟跃入万花筒的井底
抄近路向未来报信

三

整个百年都在下雪。

雪下在历史课本的某一页
下在电影院里情侣的唇边
有多少爱可以重来
有多少人值得等待
咳,辛亥。

那天，我梦见死去的兄弟

他……原谅了我

像我原谅了历史

也记不起途中的偏离

因何而起

我和兄弟手挽着手昂首

淡出镜头

此刻，我独自走在死后的一生

方知忘记也许是最好的珍惜

我仿佛回到模糊的少年

或父亲荒凉的晚景

回到冒失鬼出没的黄昏与清晨

那片颤动的出发地……

2011.10.10 于湖广会馆

杜工部

> 近来海内为长句，汝与山东李白好。
> ——杜甫《苏端薛复筵简薛华醉歌》

"我只找到一束废弃的诗"——
卫八在厨房里抱歉地转过身来
轻咳，手持你叫不上名字的干涸的植物
头顶的猎户座[①]缀满回声与云母。

此时，湿木头上煮着熟睡的小米
儿女们问候罢远方的客人
在夜雨剪春韭的早晨
你分明听到了里尔克的鸟鸣[②]

人生，群星泅渡的大唐
波澜壮阔着光
多少年啊，我受尽蹉跎
却只写出极少的诗歌

像层层愁云封锁荒芜的蜀道

地震撩拨锦城的芳心

流亡加深了抱病的酒杯

诗人在此逼平命运

你梦见群鸥飞过舍南舍北的春水

你思念他如但丁思念贝雅特丽齐

当无边落木萧萧而下

茫茫山岳涨出诗歌

注：

① 杜甫《赠卫八处士》："人生不相见，动如参与商。"参宿，猎户座，商宿，天蝎座。

② 杜甫《春望》："感时花溅泪，恨别鸟惊心"；里尔克《杜伊诺哀歌》第七首："你的叫喊脆若鸟鸣"（佚名译）。另，里尔克《果园》第四十七首："冬天集合起来的寂静／在空气里被一种啾啾鸟鸣的寂静代替"（何家炜译）。

天末怀李白

凉风起天末
白兄,我要暂别这柔软的江河
暂别无边落木的盛世与人间烟火
请不要用理想说服我。
在半人马座的祖国
我无须进化这么多
无须诗和史和史诗。
所有历史都是当代史呵
后来的人们读到这些诗歌
全当是六月飞雪
唯有我对你的爱是温暖的。

2016.8.25

寒山

人问寒山道

寒山路不通①

早春往寒山去

一探静中消息②

路遇加里·斯奈德和他的日本妻子

乌鸦的影子③覆盖浆果生长的岩石④

当晚夜宿寒山

聊看一场英文电影

Cold Mountain⑤

冷山不是寒山

我舍弃迢遥的人间

拾得一座寒山

2016.2.29

注：
① 见寒山子《诗三百三首》。
② 晓云山人画作名。
③ 见查尔斯·弗雷泽《冷山》小说章节标题。
④ 加里·斯奈德《浆果盛宴》。
⑤ 安东尼·明格拉执导电影《冷山》。

李提摩太

亲爱的，我知道命运使我们永不分离

感遇

春兰葳蕤,秋桂皎洁。
欣欣向荣的生命
当盛放,即为人间佳节。
山林归隐的人
朝夕与它们相伴
喜悦的日常。
草木不为别人生长
美只属于美本身。

2017.1.12
化写张九龄《感遇》。

望岳

爬过一次泰山
泰山在齐鲁中间
从济南到泰安
一望无际青青的山

仰望那云
仿佛自我胸中涌出
飞鸟隐没于我目光尽头

用了四个小时
我爬上了泰山
周围的山都变得很小

我坐缆车下来
很快把泰山忘掉

2017.1.12
化写杜甫《望岳》。

观徐学杰造塔

吾友学杰，矢志以西洋画造中国古塔。凡数百尊。世多不解。吾感其诚，每有会通。因草成是诗。赞曰：

塔
塔塔
塔塔塔
塔塔塔塔
塔塔塔塔塔
塔塔塔塔塔
塔塔塔塔塔
塔塔塔塔塔
塔塔塔塔塔
塔塔塔塔塔
塔塔塔塔塔塔
塔塔塔塔塔塔塔
塔塔塔塔

舍利塔

发塔

爪塔

牙塔

衣塔

钵塔

真身塔

灰身塔

碎身塔

道成肉身之塔

巴别塔

语言之塔

格式塔

心灵之塔

砖塔

木塔

石塔

玉塔

沙塔

泥塔

土塔

粪塔

铁塔

铜塔

金塔

银塔

宝塔

香塔

废塔

水晶塔

玻璃塔

琉璃塔

风雨之塔

黑暗之塔

天火焚烧及毁于兵燹的焦塔

倾斜之塔

坍塌之塔

一只鹰飞跃遥远之地的坛城和塔

影中塔

梦中塔

镜中塔

尘中塔

无梦塔

无影塔

无色塔

无缝塔

化身塔

报身塔

法身塔

7×7级浮屠之塔

行走之塔

起舞之塔

飞翔之塔

晨钟暮鼓之塔

乌鸦和喜鹊绕行之塔

远望之塔

土遁与坐化之塔

白骨塔

男根与定海神针之塔

无量寿佛塔

《五灯会元》之塔

《洛阳伽蓝记》之塔

暗物质形成之塔

塔影深嵌于塔壁之记忆之塔

月中塔

日中塔

一塔和一切塔

……

有朝一日

葬我于塔

2016.7.29

我不能爱它更多

中土只是我经过的一国
有更远的路召唤
我这陌生的旅人
我不能爱这国比别国多
当诅咒时就当诅咒
当地火燎烈
像毁灭索多玛
我不能爱它更多
爱它的罪恶如血泪山河
爱它的美如不朽的诗歌
我乃天地间一过客
我不能爱它比远方更多

2016.9.12 零时

李提摩太

最近,他迷上了星座
他重新开始写诗
彻夜不眠地研究攻略
寻找捷径天外旅行
轻轻绕过月球的乳房
抵达芝罘神学院静谧的后庭

度过又一个痛苦的不眠之夜
清晨,他走向海,
大海平静如湖
仿佛正在孕育新的处女
有多少鲜艳的鲨鱼
沉默的珍珠
要向你倾吐

他越接近

她越远离

他停止

她站住

"我思慕你如渴鹿思慕着水"①

如革命走向迷人的歧途

这是在远东

一个不被祝福的教士

疯狂寻找地狱的入口

"孔明灯许愿灯

能飞上天的许愿灯……"

小贩们的叫喊

崆峒岛上的夜空

军舰释放云瀑的焰火

幻灯片上飞驰过1870年春天

葡醍海岸,威尔士多雾的清晨

骑马下海的东夷人

最奇妙的莫过于

一个人可以成为圣灵的庙宇

为防止在交战中死去

道士们发明了爱的平方根

他用《福音书》交换《太上感应篇》

爱少许,罪少许,欲火煎服

在中药的熏蒸中渐入佳境

甚至开始相信

曾经有一个魔鬼逼平上帝

受飞蚊症台风的影响

他把玛利亚当成了洛丽塔

这乡土中国的少女

纺织和白色系的天使

她在天上飞的时候

星空就笼罩在她裙下
如群岛升起，大海有生于无
天地间耸立起沉默的盐柱
来自遥远星球的爱与羞耻
再次使他灵魂一阵酸楚

2016.10.18

注：
① 参见圣经《诗篇》。

静中歌

我从极静处来,向极动处去。

我从南斗来,向北斗去。

"南斗注生,北斗注死

所有祈求,皆向北斗"。①

百度搜不到我请用搜神记。

秋天,万物负阴抱阳

向死而生

向否极泰来处咸亨

幽辟处可有人行?

人行在水上,船就向人间靠岸

像月亮靠向大海的反面

而大海永不落幕

像光在大质量的物体前弯曲

$E=mc^2$。

抽坎填离,运转河车

遇你在河洛始开。

泛览周王传,流观山海图

寻你在西王母宴间。

我身体的祖国澎湃着革命

寻仙的途中路过爱情

一切半途而废,水火未济

这只是一首失败者之歌。

这只是向星辰大海指出

这伟大的失败

像头顶弯曲的北斗

降下十万头颅的镰刀斧头。

事到如今,人间事已不值得关心

即使一首诗中

也容不下历史的抒情。

我拥有的只是星沉海底的虚空

如宇宙的起源,再造流程。

注:
① 见《搜神记》。

忧郁的夏代（或安阳婴儿）

七七事变那一年的春天

是我们在安阳的第十五个工作季

猎取甲骨文字并不是我们此行的唯一目的

假如我们把历年发掘的实物分类列举

所得重要项目为：

陶器、骨器、石器、蚌器、青铜器、玉器

腐烂了的木器痕迹

附于铜器上的编织品

在原材料状态中的锡水以及其他矿质

做装饰用的象牙、牛骨、鹿角

占卜用的龟板、兽骨

铸铜器用的铜范

镶嵌用的襄阳甸子

当货币用的贝

残留的或作牺牲用的各种兽类骸骨

保存完全的人骨

……

这只是4478座中国古城中的一座

夏藏在它们中的哪一座

当夏天传来战事

夏代仍然茫昧不可及

智商所限我们只能止于殷商

未来的大迁徙与上古的大迁徙汇为一体

我们这些远古的猎人或将成为猎物

记忆停留在那一年的安阳

历史是被遗弃的安阳婴儿

2016.11.17

据李济《中国的若干人类学问题》作。

圣诞叙事诗

圣诞节那天清晨

我像往常一样吃过几口干粮

然后就拎着斧子上山了

我要在中午前带禾捆回来

因为那书上说

凡带种流泪出去的

必欢欢乐乐地带禾捆回来①

当时,我还不知道那天就是圣诞

那天的积雪和阳光播放妻子处女的笑容

丰乳肥臀的大地流动油橄榄的瀑布

我不是傻瓜吉姆佩尔

我是能者多劳的木匠约瑟

双手劳动,慰藉心灵

每一个甜蜜的夜晚都藏着我小小的确幸

像每一个村庄都藏着我纸里包不住火的爱情

简单的二人午餐过后,稍事休息

我备好马车载着妻子去往百里外的省人民医院

是的,我还不知道那天就是圣诞

直到在黄昏投宿旅店的门前

遇见三个来自东方的陌生人朝天祷告——

主啊,我们长征的路上

有没有路过伯利恒那个村庄?

仿佛一瞬间被彗星击中

我和妻子相拥而泣

主啊,我只是人间一个平凡的木匠

希望我的儿子能在我百年后为我钉上棺材的盖板

而不是三十四岁被钉死在异乡的十字架

如果那样

我可否宁肯不使他出生?

2015 年 12 月 26 日

注:
① 见圣经《诗篇》。

亲爱的,我知道命运使我们永不分离

——仿约翰·邓恩

亲爱的,我知道命运使我们永不分离
可是内心仍充满愚夫的焦虑
除此之外,听不到任何来世的声音
甚至多余者的脚步也不能
不能移动胸中块垒般的阴云
不能移动地震带上孤寂的居所

如果心可以破裂,就可以缝合
物质的特性使然,爱使然
爱使我们如此干净,如新生的婴儿
谁说我们必归于尘土
在那最纯的火焰之中
可有什么剩物?

爱是恐惧。

深深的必然惊动了尘世的蒙恩者
向着大地匍匐下去
热泪使人安静地度完一生
孤寂也能，唯独欲望要消尽
要向着毁灭再生新的希望和绝望
我委实不能猜出其中的意义
因为我也只是凡人一个

亲爱的，假如我爱的不是你，
而是一个与我毫不相干的陌生人
那么，你在哪里？
在影中的影中，梦中的梦中
还是在深渊的顶点
那个与我相爱的人又是谁
是天使，也不能……

见面如面

——怀弘一

早餐是清水挂面
辅以昨晚的剩菜。
惜福,爱粮食,少占有
像 1924 年春天的法雨寺
印光师如此告诉你。
这中年后的道理
有植物的光明。

"我常常反省自己
觉着自己的德行十分欠缺……[①]
我是纯乎其纯一个埋头造恶的人呵
这个无须客气无须谦逊。"[②]
你坐在餐桌对面
比书上的照片又瘦了一圈。

注:

① 见弘一《南闽十年的倒影》。
② 见弘一《最后之忏悔》。

何其芳

一

X 大校园有一石头上刻有何其芳之诗句
余让学生去看,每回复未曾寻见
也难怪,那石上刻的是——
"凡是有生活的地方,就有快乐和宝藏"①

二

校园北山石阶之上分别条列校史
其一曰:1935 年 9 月,何其芳来校任教
按:此非校园,乃 X 大前身山东省立二乡师

虽如此,拾级而上,山道两旁桃李缤纷——
何其芳矣!
余与芳君登上山顶,望见海洋
如君所言,"生活是多么广阔,生活是海洋"②

2017.1.6

注:
　①② 见何其芳《生活是多么广阔》。

寒夜行

此刻，我意气消沉
胸怀却激荡难平
我抚摸你雪白的额头
如一个衰老的国王
于病榻之上探出手去
轻抚他年轻美貌的爱妾

徂我死后，分崩离析
三年大旱，三年大涝
哀鸿遍野，血流成河
金玉有价，良缘难求

趁我一息尚存
你当速速离去
我已命人备好我的乌椎马
就栓在美人帐外

你听它仰天长啸

分明在痛惋你我失败的爱情

如今，比死亡更深的悲哀

攫住我的狮子心

呜呼！逼你太甚非我本意

爱你艰难如啜毒醪

多年我浴血征战

可恨你视而不见

金殿十座，华屋千厝

终换不来你的笑颜

任我焚心似火

也难耐那冷雨浇漓

爱妾，昔我大醉

常听见山河在身下流血

日月经行其间

星汉如出其里

我单枪匹马

闯入你肉体的迷宫

直到全军覆没弹尽精绝

你也不曾爱我一爱

可是吗？罢！罢！罢！

如今，你俯伏在我床畔

美目低垂，粉面失色

再过一会儿你就要流下珍珠泪来

再过一会儿你就要说出你的理想

趁我一息尚存

率土之滨莫非我土

率土之士莫非我臣

我当倾万里江山百代功业

成全你的琥珀梦

爱妾，你为何迟迟不开口？！

寒夜将尽,去日苦多

人时已尽,来世漫长

我堪堪等不到你的话音

也没有力量再亲吻你的朱唇

灵魂振羽而上

绕树三匝,不忍离去

愿你青春永驻

愿你远走高飞

愿你在没有我的世界上开花结果

呜呼!

狄仁杰与李元芳

"一个人的心里怎么盛得下这么多思念?"
大人一边翻检着尸体,一边感叹
——"元芳,你怎么看?"

福尔马林的味道使他什么都没有想起
沉默溢出墓室的画壁
话说当事人死后,孤独继续发酵着肉身
缓缓运回应许之地
那流淌着蜂蜜和牛奶的处女泉。
上个月,那里刚刚绞死一位来自撒马尔罕的舞女
有多少罪恶,人类就需要多少个上帝。

案发当时,天空还没有完全亮透
提灯照海的打更人走下倾斜的通天塔
这时,一颗彗星刺瞎双眼
一声叹息折断衷肠

一片白雾如恋人絮语
一朵花碎了他妈的一地

"一个人的心里怎么盛得下这么多痴狂?"
大人一边扶了扶眼镜,一边感叹
——"元芳,你怎么看?"

案发当晚,嫌疑人正在永乐坊饮酒。
天空稀稀落落的星星如打翻的墨水瓶
他忽然想起随身忘带的一个比喻
就叫仆人回家去取。
"小的知道,公子要作诗,间不容发。"
仆人快步赶回,公子已不见踪影。
"摸一摸,酒还是热的咧!"

福尔马林的味道使他什么都没有想起

客人散后,旋律一意孤行
爱情爬满了祝英台,公子温酒拿下了张柏芝。
在唐朝的深夜,摇曳着迷人的歧路
有多少彻夜难眠的乳房,就有多少催人泪下的姑娘。

"一个人的心里怎么盛得下这么多忧伤?"
大人一边擦拭着碘酊,一边感叹
——"元芳,你怎么看?"

那天,死亡照亮了浪子的故乡
通往长安的路上,无花果和番石榴飘香。
并非所有的美都出于深思熟虑
比如露,比如水
比如一场爱情瘟疫,布满速死的春风。

仿佛没杀过人都不好意思说自己活过
不可错过的美好年代,天纵你丫的英才。
诗人们追逐魔术和万花筒的盛宴
王后在床上收复了河南河北

渭河每年一度的涨水带来姐弟恋与春梦泛滥
有多少太平公主，就有多少长安。

"一个人的心里怎么盛得下这么多芬芳？"
大人一边吮吸着尸香，一边感叹
"——元芳，你怎么看？"

后记

这是我第一本正式出版的诗集。

这些诗前后跨越了二十余年的时光。

如果不是诗,什么都没有意义。

感谢刘卫兄非凡的绘画使这本小书蓬荜生辉。

感谢武赫兄和曲维卓先生及其机构的仗义相助,使其得以出版。

感谢肖贵平兄和罗佐欧兄的用心编辑,使其如此美好。

感谢其他几位想出版我的诗集,但由于种种原因没有出成的朋友。

感谢网上那些素不相识的喜欢我的诗的朋友。

感谢读到这本诗集的你们。

瓦当　2017年4月13日凌晨于芝罘